七里香

席慕蓉诗集·礼享版

席慕蓉／著

长江出版传媒　长江文艺出版社

诗的瞬间

——代序

（一）

2001. 2. 21　台北至淡水的途中

所有的诗人想要叙述的，都是自己的生命。有人终于找到出口，有人却误入歧途。

我发现，原来我爱的常是那些知道自己已经迷途的诗人。知道这是歧路，这一切并非原初的想望；可是，那样的徘徊复徘徊，以及不知所从，或许才是诗的真义吧。

诗，不是理直气壮的引导，更不是苦口婆心的教诲，诗，只是一个困惑的人，用一颗困惑的心在辨识着自己此刻的处境。

（二）

2002. 6. 27　从克什克腾到呼和浩特的火车上

诗是挽留，为那些没能挽留住的一切。

诗是表达，为当时无法也无能表达的混乱与热烈，还有初初萌发的不舍。

诗，是已经明白绝无可能之后的暗自设想：如果，如果曾经是可能……

诗，是一件从自己手中坠落的极珍爱的瓷器，酡红与青碧，是记忆里慢慢捡拾的碎片上浮出的颜色和心悸……

诗，终于只能是
生命在回首之时那静寂的弥补。

因此，诗人与读者的沟通绝不可能在群众旁观之下完成。真正的"素面相见"，只有在独自一人面对书中的一首诗的时候才可能发生。

（三）

2003. 9. 18　草原列车上

难以形容在牛河梁那天晚上来回两公里如水般的月光，在通往女神庙的山径上。

两公里的月光，可以是一首诗的标题吗？如果要写，以什么样的字句可以完整地显示出那澄澈清朗的月色以及那层层叠叠铺满了一地的清晰无比的树影？还有，还有那安静地伴随在我们身旁的五千五百年的时光？

人说时光如逝水，可是，在蒙古高原之上，在这苍茫万里的大地之间，我却发现，一切都没有离开，一切都从未消失。就如那夜在月光下行走的我们，对松林间的光影并不陌生，只觉得似曾相识，如遇故人。

我在当时轻声询问朱达先生，土地是不是真的具有灵气？他说："有的。"平日沉默寡言的考古学者，心中想必另有一种丰美境界吧。

在母亲的土地上，我是备受宠爱的女儿，给了我教海，也给了我，难以描摹的至美。

（四）

2005．3．15　野柳海边

昨天有新书发表会，在众人之前朗读一首旧作《借句》，读到那一行"要如何封存　那深藏在文字里的我年轻的灵魂"之时，忽然悲从中来，忍不住就落泪了。

难以解释的突发事件，找不出什么恰当的借口可以掩饰或者说明。

只能猜想，在诗里另有一个我，她的本质是现实世界里的我所难以了解和衡量的。仿佛她已隐忍很久了，所以才会突然出现，是生命内里的矛盾与混乱吗？还有不安与不甘……

在尘世间循规蹈矩地活着，参与着，似乎以为一切本该如此了。幸好，幸好还有诗，才能忽然在瞬间点醒了我。

（五）

2016. 3. 3　淡水家中

曾听一位讲者在台上说，要如何如何才能写出伟大的诗篇来，仿佛在传授秘笈般的慎重，我的心在当时就寂然退下。

人还坐在讲堂里，却已经听不见什么了。我知道自己生性愚昧，却不能不坚持，"伟大"这件事是不能事先预订的，而且与诗无关。

写诗是生命的要求，它要求的只是诗本身，并无任何其他的附加条件。

即使如杜甫也曾经说过"语不惊人死不休"那样的话，可是，我相信，在他每首诗当时的触动里，绝对不会有一个"伟大"的目标高悬在前，杜甫诗中的苦民所苦，是真正的疼痛啊！

（六）

2016. 8. 14　淡水家中

年少时在日记本里的涂鸦，源自流离与寂寞的处境，没想到，诗，从兹竟然安顿了我困窘的身心。那个年岁，诗，是在丛林里的冲撞，是终于完好地奔回洞穴之后静静流下的泪水。

中年的我，谨小慎微循规蹈矩。没想到，提起笔来，竟然如此执拗，从不肯对任何的干扰屈服，我行我素，一心想要寻回那些错过的溪涧与幽谷，那些依稀的芳馥……

如今，甚至也不接受我自己的劝告，明明知道去书写原乡那辽阔深远的时空沧桑非我力所能及，却不肯罢休。

诗，在此时，对我已非语言、意念和几行文字而已，它是生命本初最炽烈的渴望，如离弦之箭在狂风中，犹想射向穹苍。

（七）

2016. 11. 14　淡水书案窗前

感谢长江文艺出版社推出我的七本诗集平装新版，内含从 1959 年到 2011 年的诗作，社方征序于我，欣然摘取六则"诗的瞬间"献上。

很早很早的时候，我就喜欢读诗，写诗。到了高中，立志修习绘画，之后从师范大学的美术系毕业，再留欧专攻油画和铜版画，从布鲁塞尔皇家美术学院毕业之后，一面开画展，一面准备回台湾教书。然后，回到岛上，在大专院校的美术科系里担任教职，就这样认认真真地过了许多年。因此，诗好像就只是一种单纯的爱好而已，既没有明确的目标，也没有远大的志向，更没有机会去求得技法的精进；这么多年以来，只是顺从着心中的触动与渴望去写，诚恳而又安静地，一直写到今天。

今天，时光已老，我才在回首之时欣然领悟，生命中一直有诗相伴，是多么难得的幸福。

其实，叶嘉莹先生早就说了："读诗与写诗，是生命的本能。"感谢这美好的本能从来没有将我舍弃，总是不时现身提醒。

今天，愿以我敬爱的叶先生之嘉言，与每一位读者共勉。

生命因诗而苏醒

——二〇〇〇版序

　　散落在四处的诗稿，像是散落在时光里的生命的碎片，等到把它们集成一册，在灯下初次翻读校样之时，才惊觉于这真切的全貌。

　　终于知道，原来——

　　诗，不可能是别人，只能是自己。

　　这个自己，和生活里的角色不必一定完全相称，然而却绝对是灵魂全部的重量，是生命最逼真精确的画像。

　　这是我为我的第四本诗集《边缘光影》所写的序言全文，出版时间是一九九九年五月，离上一本诗集《时光九篇》的出版，已经有十二年之久。

　　时光疾如飞矢，从我身边掠过，然而，有些什么在我的诗里却进行得极为缓慢。

　　这十二年之间，由于踏上了蒙古高原，从初见原乡的孺慕和悲喜，到接触了草原文化之后的敬畏与不舍；从大兴安岭到天山山麓、从鄂尔多斯荒漠到贝加尔湖，十年中的奔波与浮沉，陷入与没顶，可以说是一种在生活里的全神贯注，诗，因此而写得更慢了。

但是，要等到把这十二年之间散落在各处的诗稿都集在一起，成为一个整体的时候，才发现我的诗即使写得很慢，却依然忠实地呈现出生命的面貌，今日的我与昨日的我，果然距离越来越远，因此而不得不承认——

我们曾经有过怎么样的时刻，就会写出怎么样的诗来。

但是，但是，在这逐渐而缓慢的变动之间，有种特质却又始终如一。

在写了出来或者没能写出来的诗行里，有些什么若隐若现，不曾改变，从未稍离。

此刻来为新版的《七里香》和《无怨的青春》校对之时，这种感觉更是特别强烈。

《七里香》是我的第一本诗集，初版于一九八一年七月。《无怨的青春》是第二本，初版于一九八三年二月，离现在都快有二十年了。中间偶尔会翻动一下，最多只是查一两首诗的写作日期，或者影印一些给别人当资料。这么多年来，除了为"东华"和"上海文艺"出选集的时候稍为认真地看一看之外，从来没像此刻这样逐字逐行逐页地重新检视，好像重新回到那已经过去了的时光，那些个曾经多么安静和芳香的夜晚，在灯下，从我笔端从我心中，一首又一首慢慢写出来的诗。

这些诗一直是写给我自己看的，也由于它们，才能使我看到自己。知道自己正处在生命中最美丽的时刻，所有繁复的花瓣正一层一层地舒开，所有甘如醇蜜、涩如黄连的感觉正交织地在我心中存在。岁月如一条曲折的闪着光的河流静静地流过，今夜为二十年前的我心折不已，而二十年后再回顾，想必也会为此刻的我而心折。

——《七里香》第 121-122 页

果然是这样。

在接近二十年之后的此刻，重新回过头来审视这些诗，恍如面对生命里无法言传去又复返的召唤，是要用直觉去感知的一种存在，是很难形容的一种疼痛，微颤微寒而确实又微带甘美的战栗；而在这一切之间，我终于又重新碰触到那几乎已经隐而不见、却又从来不曾离开片刻的"初心"。

初心恒在，依旧素朴谦卑。

我一直相信，生命的本相，不在表层，而在极深极深的内里。

不管日常生活的表面是多么混乱粗糙，在我们每个人内心最幽微的地方，其实永远深藏着一份细致的初心——生命最初始之时就已经拥有的，对一切美好事物似曾相识的乡愁。

诗，就是由此而发生的。

少年时第一次试着写诗，是在读了"古诗十九首"之后，那种惊动，应该是对文字的启蒙。诗并不能成段落，都留在初中二年级的日记本里了，是一九五四年秋天的事。

而在我诗集中最早的一首诗《泪·月华》，写成于一九五九年三月十二日，高中三年级下学期刚开始不久。

从一九五九到一九九九，四十年间，虽然没有中断，写的却不能算多，能够收进这四本诗集里的诗，总数也不过只有两百五十二首而已。

时光疾如飞矢，从我身边掠过，然而，在我的诗里，一切却都进行得极为缓慢。

这是因为，在写诗的时候，我一无所求。

我想，这是我的幸运。因为我从来不必以写诗作为自己的专业，因此而可以离企图心很远很远，不受鞭策，不赶进度，更没有诱惑，从而能够独来独往，享有那在创作上极为珍贵难得的完全的自由。

我是有资格说这样的话的。因为，四十年来，在绘画上，我可是无时无刻不在受那企图心的干扰，从来也没能真正挣脱过一次啊！

当然，距离企图心的远近，和创作的品质并不一定有关联。而且，无论是何等样的作品，完成之后，就只能留待时间和观赏者来做拣选，对作品本身保持永远的沉默，是一个创作者应该有的权利和美德。

不过，在这篇序言的最后，我还是要感谢许多位朋友，谢谢他们给我的鼓励和了解。

我要谢谢大地出版社的姚宜瑛女士，我的第一和第二本诗集都在大地出版，十几年的合作非常愉快。姚女士给我的一切，是一定要深深道谢的。

谢谢晓风，愿意引导我。

谢谢七等生和萧萧，两位在十几二十年前就为我写成的评论长文，这次才能郑重放进书中，重读之时，更能领略到其中的深意。

谢谢简志忠先生和圆神的工作伙伴，让新版的两本诗集能有如此美好的面貌。

还要谢谢许多位在创作上给了我长远的关怀和影响的好朋友。

更要谢谢我挚爱的家人。

最后，我也要谢谢在中文和蒙文世界里的每一位读者。

我的文字并没有那么好，是你们自身的感动给它增添了力量和光泽；我的世界原本与众人无涉，是你们诚挚的共鸣，让我得以进入如此宽广辽阔的人间。

我从来不知道，仅只是几本薄薄的诗集，竟然能够得到如此温暖的回响。

这十几年来，在我个人的生命里，因着诗集的出版而得以与几百万的读者结缘，不能不说是一件奇遇。

有时候，在一些没有预知的角落，常会遇见前来向我致意的读者。在最初，我常常会闪躲，觉得不安。但是，慢慢地，经过多年以后，我终于领会了我们之间的共通之处，在心灵最幽微的地方，我们都拥有一颗素朴和谦卑的初心。

那么，就相对微笑吧，不必再说些什么。我们都能明白，不管生活的表象是多么混乱粗糙，也没有分什么性别和年龄，在提起笔和翻开书页的时刻里，除了诗，我们真的一无所求。

在心灵最幽微之处，生命因诗而苏醒。

二〇〇〇年的初始，写于淡水画室

江河

张晓风

一、一个叫穆伦·席连勃的蒙古女孩

猛地，她抽出一幅油画，逼在我眼前。

"这一幅是我的自画像，我一直没有画完，我有点不敢画下去的感觉，因为我画了一半，才忽然发现画得好像我外婆……"

而外婆在一张照片里，照片在玻璃框子里，外婆已经死了十三年了。这女子，何竟在画自画像的时候画出了记忆中的外婆呢？那其间有什么神秘的讯息呢？

外婆的全名是孛儿只斤光潋公主，一个能骑能射枪法精准的旧王族，属于吐默特部落，成吉思汗的嫡系子孙。她老跟小孙女说起一条河（多像《根的故事》！），河的名字叫"西喇木伦"，后来小女孩才搞清楚，外婆之所以一直说着那条河，是因为——一个女子的生命无非就是如此，在河的这一边，或者那一边。

小女孩长大了，不会射、不会骑，却有一双和开弓射箭等力的手——她画画。在另一幅已完成的自画像里，背景竟是一条大河，一条她从来没有去过的故乡的河——"西喇木伦"。一个人怎能画她没有见过的河呢？这蒙古女子必然在自己的血脉中听见河水的淙淙、在自己的黑发中隐见了河川的流泻，她必然是见过"西喇木伦"的一个。

事实上，她的名字就是"大江河"的意思，她的蒙古全名是穆伦·席连勃，但是，我们却习惯叫她席慕蓉，慕蓉是穆伦的译音。

而在半生的浪迹之后，由四川而香港而台湾而比利时，终于在石门乡村置下一幢独门独院，并在庭中养着羊齿植物和荷花的画室里，她一坐下来画自己的时候，竟仍然不经意地几乎画成外婆，画成塞上弯弓而射的孛儿只斤光濂公主，这其间，涌动的是一种怎样的情感呢？

二、好大好大的蓝花

两岁，住在重庆，那地方有个好听的名字，叫金刚坡，记忆就从那里开始。似乎自己的头特别大，老是走不稳，却又爱走，所以总是跌跤，但因长得圆滚倒也没受伤。她常常从山坡上滚下去，家人找不到她的时候，就不免要到附近草丛里拨拨看，但这种跌跤对小女孩来说，差不多是一种诡秘的神奇经验。有时候她跌进一片森林，也许不是森林只是灌木丛，但对小女孩来说却是森林。有时她跌跌撞撞滚到池边，静静的池塘边一个人也没有，她发现了一种"好大好大蓝色的花"，她说给家人听，大家都笑笑，不予相信，那秘密因此封缄了十几年。直到她上了师大，有一次到阳明山写生，忽然在池边又看到那种花，像重逢了前世的友人，她急忙跑去问林玉山教授，教授回答说是"鸢尾花"，可是就在那一刹那，一个持续了十几年的幻象忽然消灭了。那种花从梦里走到现实里来，它从此只是一个有名有姓有谱可查的、规规矩矩的花，而不再是小女孩记忆里好大好大、几乎用仰角才能去看的蓝花了。

如何一个小孩能在一个普普通通的池塘边窥见一朵花的天机，那其间有什么神秘的召唤？三十六年过去，她仍然惴惴不安地走过今春的白茶花，美，一直对她有一种蛊惑力。

如果说，那种被蛊惑的遗传特质早就潜伏在她母亲身上，也是对的。一九四九，世难如涨潮，她仓促走避，财物中她撇下了家传宗教中的重要财物"舍利子"，却把新做不久的大窗帘带着，那窗帘据席慕蓉回忆起来，十分美丽。初到台湾，母亲把它张挂起来，小女孩每次睡觉都眷眷不舍地盯着看，也许窗帘是比舍利子更为宗教、更为庄严的，如果它那玫瑰图案的花边，能令一个小孩久久感动的话。

三、十四岁的画架

别人提到她总喜欢说她出身于师大艺术系，以及后来的比利时布鲁塞尔的皇家艺术学院。但她自己总不服气，她总记得自己十四岁，背着新画袋和画架，第一次离家，到台北师范的艺术科去读书的那一段。学校原来是为训练小学师资而设的，课程安排当然不能全是画画，可是她把一切的休息和假期全用来作画了，硬把学校画成"艺术中学"。

一年级，暑假还没到，天却白热起来，别人都乖乖地在校区里画，她却离开同学，一个人走到学校后面去，当时的和平东路是一片田野，她怔怔地望着小河兀自出神。正午，阳光是透明的，河水是透明的，一些奇异的倒影在光和水的双重恍动下如水草一般地生长着。一切是如此喧哗，一切又是如此安静，她忘我地画着，只觉自己和阳光已浑然为一，她甚至不觉得热。直到黄昏回到宿舍，才猛然发现，短袖衬衫已把胳膊明显地划分成棕红和白色两部分。奇怪的是，她一点都没有感到风吹日晒，唯一的解释大概就是那天下午她自己也变成太阳族了。

"啊！我好喜欢那时候的自己，如果我一直都那么拼命，我应该不是现在的我！"

大四，国画大师溥心畬来上课，那是他的最后一年，课程尚未结束，他已撒手而去。他是一个古怪的老师，到师大来上课，从来不肯上楼，学校只好将就他，把学生从三楼搬到楼下来。他上课一面吃花生糖，一面问："有谁作了诗了？有谁填了词了？"他可以跟别人谈五代官制，可以跟别人谈四书五经、谈诗词，偏偏就是不肯谈画。

　　每次他问到诗词的时候，同学就把席慕蓉推出来，班上只有她对诗词有兴趣，溥老师因此对她很另眼相看。当然也许还有另外一个理由，他们同属于"少数民族"，同样具有溥老师的那方小印上刻的"旧王孙"的身份。有一天，溥老师心血来潮，当堂写了一个"璞"字送给席慕蓉，不料有个男同学斜冲出来一把就抢跑了——当然，即使是学生，大家也都知道溥老师的字是"有价的"——溥老师和席慕蓉当时都吓了一跳，两人彼此无言地相望了一眼，什么话也没说。老师的那一眼似乎在说："奇怪，我是写给你的，你不去抢回来吗？"但她回答的眼神却是："老师，谢谢你用这么好的一个字来形容我，你所给我的，我已经收到了，你给我那就是我的，此生此世我会感激，我不必去跟别人抢那幅字了……"

　　隔着十几年，师生间那一望之际的千言万语仍然点滴在心。

四、当别人指着一株祖父时期的樱桃树

在欧洲，被乡愁折磨，这才发现自己魂思梦想的，不是故乡的千里大漠，而是故宅北投。北投的长春路，记忆里只有绿，绿得不能再绿的绿，万般的绿上有一朵小小的白云。想着、想着，思绪就凝缩为一幅油画。乍看那样的画会吓一跳。觉得那正是陶渊明的"停云，思亲友也"的"图解"，又觉得李白的"浮云游子意"似乎是这幅画的注脚。但当然，最好你不要去问她，你问她，她会谦虚地否认，说自己是一个没有学问、没有理论的画者，说她自己也不知道为什么就这样直觉地画了出来。

那阵子，台湾与法国断交，她放弃了向往已久的巴黎，另外申请到两个奖学金，一个是到日内瓦读美术史，一个是到比利时攻油画。她选择了后者，她说，她还是比较喜欢画画——当然，凡是有能力把自己变成美术史的人，应该不必去读由别人绘画生命所累积成的美术史。

有一天，一个欧洲男孩把自家的一棵樱桃树指给她看：

"你看到吗？有一根枝子特别弯，你知道树枝怎么会弯的？是我爸爸坐的呀！我爸爸小时候偷摘樱桃被祖父发现了，祖父罚他，叫他坐在树上，树枝就给他压弯了，到现在都是弯的！"

说故事的人其实只不过想说一段轻松的往事，听的人却别有心肠地伤痛起来，她甚至忿忿然生了气。凭什么？一个欧洲人可以在平静的阳光下看一株活过三代的树，而作为一个中国人却被连根拔起，秦时明月汉时关，竟不再是我们可以悠然回顾的风景！

　　那愤怒持续了很久，但回台以后却在一念之间涣然冰释了。也许我们不能拥有祖父的樱桃树，但植物园里年年盛夏如果都有我们的履痕，不也同样是一段世缘吗？她从来不能忘记玄武湖，但她终于学会珍惜石门乡居的翠情绿意，以及六月里南海路上的荷香。

五、骠悍

　　那时候也不晓得怎么有那么大的勇气，自己抱着五十幅油画，赶火车到欧洲各城里去展览。不是整幅画带走，整幅画太大，需要雇货车来载，穷学生哪有这笔钱？她只好把木框拆下来，编好号，绑成一大扎，交火车托运。画布呢？她就自己抱着，到了会场，她再把条子钉成框子。有些男生可怜她一个女孩子没力气，想帮她钉，她还不肯，一径大叫："不行，不行，你们弄不清楚，你们会把我的东西搞乱的！"

　　在欧洲，她结了婚，怀了孩子，赢得了初步的名声和好评，然而，她决定回来，把孩子生在自己的土地上。

知道她离开欧洲跑回台湾来，有位亲戚回台小住，两人重逢，那亲戚不再说话，只说："咦，你在台湾也过得不错嘛！"

"作为一个艺术家，当然还是生活在自己的土地上好。"她说这句话的时候，人在车里，车在台北石门之间的高速公路上。她手握方向盘，眼睛直朝前看而不略作回顾。

"她开车真'骠悍'，像蒙古人骑马！"有一个叫孙春华的女孩子曾这样说她。

骠悍就骠悍吧！在自己的土地上，好车好路，为什么不能在合法的矩度下意气风发一点呢?

六、跟荷花一起开画展

"你的画很拙，"廖老师这样分析她："你分明是科班出身（从十四岁就在苦学了!)，你应该比别人更容易受某些前辈的影响，可是，你却拒绝所有的影响，维持了你自己。"

廖老师说得对，她成功地维持了她自己，但这不意味着她不喜欢前辈画家，相反的，正是因为每一宗每一派都喜欢，所以可以不至于太迷恋太沉溺于一家。如果要说起她真的比较喜欢的画，应该就是德国杜勒的铜版画了。她自己的线条画也倾向于这种风格，古典的、柔挺的，却根根清晰分明、似乎要——"负起责任"来的线条，让人觉得仿佛是从慎重的经籍里走出来的插页。

"我六月里在历史博物馆开画展，刚刚好，那时候荷花也开了。"

听不出她的口气是在期待荷花抑或是画展，在荷花开的时候开画展，大概算是一种别致的联展吧！

画展里最重要的画是一系列镜子，像荷花拔出水面，镜中也一一绽放着华年。

七、千镜如千湖，千湖各有其鉴照

"这面镜子我留下来很久了，因为是母亲的，只是也不觉得太特别，直到母亲从外国回来，说了一句：'这是我结婚的时候人家送的呀！'我才吓了一跳，母亲十九岁结婚，这镜子经历多少岁月了？"她对着镜子着迷起来。

"所谓古董，大概是这么回事吧！大概背后有一个细心的女人，很固执地一直爱惜它、爱惜它，后来就变成古董了。"

那面小梳妆镜暂时并没有变成古董，却幻成为一面又一面的画布，像古神话里的法镜，青春和生命的秘钥都在其中。站在画室中一时只觉千镜是千湖，千湖各有其鉴照。

"奇怪，你画的镜子怎么全是这样椭圆的、古典的，你没有想过画一长排镜子，又大又方又冷又亮，舞蹈家的影子很不真实地浮在里面，或者三角组合的穿衣镜，有着'花面交相映'的重复？"

"不，我不想画那种。"

"如果画古铜镜呢？那种有许多雕纹，而且照起人来模模糊糊的那一种。"

"那倒可以考虑。"

"习惯上，人家都把画家当作一种空间艺术的经营人，可是看你的画读你的诗，觉得你急于抓住的却是时间——你怎么会那样迷上时间的呢？你画镜子、你画荷花、你画欧洲婚礼上一束白白香香的小苍兰、你画雨后的彩虹（虽说是为小孩画的），你好像有点着急，你怕那些东西消失了，你要画下的、写下的其实是时间。"

"啊！"她显然没有分辩的意思，"我画镜子，也许因为它象征青春，如果年华能倒流，如果一切能再来一次，我一定把每件事都记得，而不要忘记……"

"我仍然记得十九岁那年，站在北投家中的院子里，背后是高大的大屯山，脚下是新长出来的小绿草，我心里疼惜得不得了，我几乎要叫出来：'不要忘记！不要忘记！'我是在跟谁说话？我知道我是跟日后的'我'说话，我要日后的我不要忘记这一刹！"

于是，另一个十九年过去，魔术似的，她真的没有忘记十九年前那一霎时的景象。让人觉得一个凡人那样哀婉无奈的美丽祝告，恐怕是连天地神明都要不忍的。人类是如此有限的一种生物，人类活得如此粗疏懒慢，独有一个女子渴望记住每一刹间的美丽，那么，神明想：成全她吧！

连你的诗也是一样，像《悲歌》里：

今生将不再见你
只为　再见的
已不是你
心中的你已永不再现
再现的　只是些沧桑的
日月和流年

《青春》里：

遂翻开那发黄的扉页
命运将它装订得极为拙劣
含着泪　我一读再读
却不得不承认
青春是一本太仓促的书

而在《时光的河流》里：

啊　我至爱的　此刻
从我们床前流过的
是时光的河吗

"我真是一个舍不得忘记的人……"她说。

（诚如她在《艺术品》那首诗中说的：是一件不朽的记忆，一件不肯让它消逝的努力，一件想挽回什么的欲望。）

"什么时候开始写诗的?"

"初中，从我停止偷抄二姊的作文去交作业的时候，我就只好自己写了。"

八、牧歌

记得初见她的诗和画，本能的有点趑趄犹疑，因为一时决定不了要不要去喜欢。因为她提供的东西太美，美得太纯洁了一点，使身为现代人的我们有点不敢置信。通常，在我们不幸的经验里，太美的东西如果不是虚假就是浮滥，但仅仅经过一小段的挣扎，我便开始喜欢她诗文中独特的那种清丽。

在古老的时代，诗人"总选集"的最后一部分，照例排上僧道和妇女的作品，因为这些人向来是"敬陪末座"的。席慕蓉的诗龄甚短（虽然她已在日记本上写了半辈子），你如果把她看作敬陪末座的诗人也无不可，但谁能为一束七里香的小花定名次呢？它自有它的色泽和形状。席慕蓉的诗是流丽的，声韵天成的，溯其流而上。你也许会在大路的尽头看到一个蒙古女子手执马头琴，正在为你唱那浅白晓畅的牧歌；你感动，只因你的血中多少也掺和着"径万里兮度沙漠"的塞上豪情吧！

她的诗又每多自宋诗以来对人生的洞彻，例如：

离别后
乡愁是一棵没有年轮的树
永不老去
　　　　　　　——《乡愁》

又如：

爱　原来是没有名字的
在相遇前　等待就是它的名字
　　　　　　　——《爱的名字》

或如：

溪水急着要流向海洋

浪潮却渴望重回土地

——《七里香》

　　像这样的诗——或说这样的牧歌——应该不是留给人去研究，或者反复笺注的。它只是，仅仅只是，留给我们去喜悦、去感动的。

　　不要以前辈诗人的"重量级标准"去预期她——余光中的磅礴激健、洛夫的邃密孤峭、杨牧的雅洁深秀、郑愁予的潇洒妩媚，乃至于管管的俏皮生鲜，都不是她所能及的。但她是她自己，和她的名字一样，一条适意而流的江河，你看到它的满满地洋溢到岸上来的波光，听到它滂沛的旋律，你可以把它看成一条一目了然的河，你可以没于其中，泅于其中，鉴照于其中——但至于那河有多深沉或多惆怅，那是那条河自己的事情，那条叫西喇木伦的河的自己的事情。

　　而我们，让我们坐下来，纵容一下疲倦的自己，让自己听一首从风中传来的牧歌吧！

目　录

J. HSI 1981

七
里
香

——在那样古老的岁月里

也曾有过同样的故事

那弹箜篌的女子也是十六岁吗

还是说　今夜的我

就是那个女子

七里香

溪水急着要流向海洋
浪潮却渴望重回土地

在绿树白花的篱前
曾那样轻易地挥手道别

而沧桑的二十年后
我们的魂魄却夜夜归来
微风拂过时
便化作满园的郁香

1979. 8

成熟

童年的梦幻褪色了
不再是 只愿做一只
长了翅膀的小精灵

有月亮的晚上
倚在窗前的
是渐呈修长的双手
将火热的颊贴在石栏上
在古长春藤的荫里
有萤火在游

不再写流水账似的日记了
换成了密密的
模糊的字迹
在一页页深蓝浅蓝的泪痕里
有着谁都不知道的语句

1959. 8. 18

一棵开花的树

如何让你遇见我

在我最美丽的时刻　为这

我已在佛前　求了五百年

求它让我们结一段尘缘

佛于是把我化作一棵树

长在你必经的路旁

阳光下慎重地开满了花

朵朵都是我前世的盼望

当你走近　请你细听

那颤抖的叶是我等待的热情

而当你终于无视地走过

在你身后落了一地的

朋友啊　那不是花瓣

是我凋零的心

1980. 10. 4

古相思曲

只缘感君一回顾，使我思君暮与朝。

——古乐府

在那样古老的岁月里
也曾有过同样的故事
那弹箜篌的女子也是十六岁吗
还是说　今夜的我
就是那个女子

就是几千年来弹着箜篌等待着的
那一个温柔谦卑的灵魂
就是在莺花烂漫时蹉跎着哭泣着的
那同一个人

那么　就算我流泪了也别笑我软弱

多少个朝代的女子唱着同样的歌

在开满了玉兰的树下曾有过

多少次的别离

而在这温暖的春夜里啊

有多少美丽的声音曾唱过古相思曲

1979.7

渡口

让我与你握别
再轻轻抽出我的手
知道思念从此生根
浮云白日　山川庄严温柔

让我与你握别
再轻轻抽出我的手
年华从此停顿
热泪在心中汇成河流

是那样万般无奈的凝视
渡口旁找不到一朵可以相送的花
就把祝福别在襟上吧
而明日
明日又隔天涯

1979

祈祷词

我知道这世界不是绝对的好
我也知道它有离别　有衰老
然而我只有一次的机会
上主啊　请俯听我的祈祷

请给我一个长长的夏季
给我一段无瑕的回忆
给我一颗温柔的心
给我一份洁白的恋情

我只能来这世上一次　所以
请再给我一个美丽的名字
好让他能在夜里低唤我
在奔驰的岁月里
永远记得我们曾经相爱的事

1979. 11. 28

异域

于是　夜来了
敲打着我十一月的窗
从南国的馨香中醒来
从回家的梦里醒来
布鲁塞尔的灯火辉煌

我孤独地投身在人群中
人群投我以孤独
细雨霏霏　不是我的泪
窗外萧萧落木

1964. 10. 16

HSI 1980

千年的愿望

——总希望

二十岁的那个月夜

能再回来

再重新活那么一次

千年的愿望

总希望

二十岁的那个月夜

能再回来

再重新活那么一次

然而

商时风

唐时雨

多少枝花

多少个闲情的少女

想她们在玉阶上转回以后

也只能枉然地剪下玫瑰

插入瓶中

1976

山月

我曾踏月而来
只因你在山中
山风拂发　拂颈　拂裸露的肩膀
而月光衣我以华裳

月光衣我以华裳
林间有新绿似我青春模样
青春透明如醇酒　可饮　可尽　可别离
但终我俩多少物换星移的韶华
却总不能将它忘记

更不能忘记的是那一轮月
照了长城　照了洞庭　而又在那夜　照进山林

从此　悲哀粉碎

化作无数的音容笑貌

在四月的夜里　袭我以郁香

袭我以次次春回的怅惘

1977

回首

一直在盼望着一段美丽的爱

所以我毫不犹疑地将你舍弃

流浪的途中我不断寻觅

却没料到　回首之时

年轻的你　从未稍离

从未稍离的你在我心中

春天来时便反复地吟唱

那滨江路上的灰沙炎日

那丽水街前一地的月光

那清晨园中为谁摘下的茉莉

那渡船头上风里翻飞的裙裳

在风里翻飞　然后纷纷坠落

岁月深埋在土中便成琥珀

在灰色的黎明前我怅然回顾

亲爱的朋友啊

难道鸟必要自焚才能成为凤凰

难道青春必要愚昧

爱　必得忧伤

1979. 5

给你的歌

我爱你只因岁月如梭

永不停留　永不回头

才能编织出华丽的面容啊

不露一丝褪色的悲愁

我爱你只因你已远去

不再出现　不复记忆

才能掀起层层结痂的心啊

在无星无月的夜里

一层是一种挣扎

一层是一次蜕变

而在蓦然回首的痛楚里

亭亭出现的是你我的华年

1978

邂逅

你把忧伤画在眼角
我将流浪抹上额头
你用思念添几缕白发
我让岁月雕刻我憔悴的手

然后在街角我们擦身而过
漠然地不再相识
啊
亲爱的朋友
请别错怪那韶光改人容颜
我们自己才是那个化妆师

1978

暮色

在一个年轻的夜里
听过一首歌
清冽缠绵
如山风拂过百合

再渴望时却声息寂灭
不见踪迹　亦无来处
空留那月光沁人肌肤

而在二十年后的一个黄昏里
有什么是与那夜相似
竟而使那旋律翩然来临
山鸣谷应　直逼我心

回顾所来径啊

苍苍横着的翠微

这半生的坎坷啊

在暮色中竟化为甜蜜的热泪

1979

月桂树的愿望

我为什么还要爱你呢
海已经漫上来了
漫过我生命的沙滩
而又退得那样急
把青春一卷而去

把青春一卷而去
洒下满天的星斗
山依旧　树依旧
我脚下已不是昨日的水流

风轻　云淡
野百合散开在黄昏的山巅
有谁在月光下变成桂树
可以逃过夜夜的思念

1964.5.18

'980

流浪者之歌

——想和　和那一个

　夏日的午后

　想你从林深处缓缓走来

　是我含笑的出水的莲

流浪者之歌

在异乡的旷野
我是一滴悔恨的融雪

投入山涧再投入溪河
流过平原再流过大湖
换得的是寂寞的岁月
在这几千里冰封的国度
总想起那些开在南方的扶桑
那一个下午又一个下午的
金色阳光
想起那被我虚掷了的少年时
为什么不对那圆脸爱笑的女孩
说出我心里的那一个字

而今日的我是一滴悔恨的融雪

在流浪的尽头化作千寻瀑布

从痛苦撕裂的胸中发出吼声

向南方呼唤

呼唤啊

我那失去的爱人

1979. 6

孤星

在天空里
有一颗孤独的星

黑夜里的旅人
总会频频回首
想象着　那是他初次的
初次的　爱恋

1979. 12

茉莉

茉莉好像

没有什么季节

在日里在夜里

时时开着小朵的

清香的蓓蕾

想你

好像也没有什么分别

在日里在夜里

在每一个

恍惚的刹那间

1979. 11. 23

青春 之一

所有的结局都已写好
所有的泪水也都已启程
却忽然忘了是怎么样的一个开始
在那个古老的不再回来的夏日

无论我如何地去追索
年轻的你只如云影掠过
而你微笑的面容极浅极淡
逐渐隐没在日落后的群岚

遂翻开那发黄的扉页
命运将它装订得极为拙劣
含着泪　我一读再读
却不得不承认
青春是一本太仓促的书

1979. 6

青春 之二

在四十五岁的夜里
忽然想起她年轻的眼睛
想起她十六岁时的那个夏日
从山坡上朝他缓缓走来
林外阳光炫目
而她衣裙如此洁白

还记得那满是茶树的丘陵
满是浮云的天空
还有那满耳的蝉声
在寂静的寂静的林中

1979.6

春蚕

只因　总在揣想
想幻化而出时
将会有绚烂的翼
和你永远的等待

今生　我才甘心
做一只寂寞的春蚕
在金色的茧里
期待着一份来世的
许诺

1980. 1. 2

夏日午后

想你　和那一个
夏日的午后
想你从林深处缓缓走来
是我含笑的出水的莲

是我的　最最温柔
最易疼痛的那一部分
是我的　圣洁遥远
最不可碰触的华年

极愿　如庞贝的命运
将一切最美的在瞬间烧熔
含泪成为永恒的模子
好能一次次地　在千万年间
重复地　重复地　重复地

嵌进你我的心中

1978. 9. 15

J.HSI 1981

莲的心事

——我如何舍得与你重逢

　　当只有在你心中仍深藏着的我的青春

　　还正如水般澄澈

　　　　山般葱茏

莲的心事

我
是一朵盛开的夏荷
多希望
你能看见现在的我

风霜还不曾来侵蚀
秋雨还未滴落
青涩的季节又已离我远去
我已亭亭　不忧　亦不惧

现在　正是
最美丽的时刻
重门却已深锁
在芬芳的笑靥之后
谁人知我莲的心事

无缘的你啊

不是来得太早　就是

太迟

1979. 8. 21

接友人书

那辜负了的
岂仅是迟迟的春日
那忘记了的
又岂仅是你我的面容
那奔腾着向眼前涌来的
是尘封的日　尘封的夜
是尘封的华年和秋草

那低首敛眉徐徐退去的
是无声的歌
无字的诗稿

1977

晓镜

我以为
我已经把你藏好了
藏在
那样深　那样冷的
昔日的心底

我以为
只要绝口不提
只要让日子继续地过去
你就终于
终于会变成一个
古老的秘密

可是　不眠的夜
仍然太长　而

早生的白发　又泄露了

我的悲伤

1980. 2. 15

短诗

当所有的亲人都感到
我逐日的苍老
当所有的朋友都看到
我发上的风霜

我如何舍得与你重逢
当只有在你心中仍深藏着的我的青春
还正如水般澄澈
　　　山般葱茏

1979. 8. 15

铜版画

若夏日能重回山间

若上苍容许我们再一次的相见

那么让羊齿的叶子再绿

再绿　让溪水奔流

年华再如玉

那时什么都还不曾发生

什么都还没有征兆

遥远的清晨是一张着墨不多的素描

你从灰蒙拥挤的人群中出现

投我以羞怯的微笑

若我早知就此无法把你忘记

我将不再大意　我要尽力镂刻

那个初识的古老夏日

深沉而缓慢　刻出一张

繁复精致的铜版

每一划刻痕我都将珍惜

若我早知就此终生都无法忘记

1978

传言

若所有的流浪都是因为我
我如何能
不爱你风霜的面容

若世间的悲苦　你都已
为我尝尽　我如何能
不爱你憔悴的心

他们说　你已老去
坚硬如岩　并且极为冷酷
却没人知道　我仍是你
最深处最柔软的那个角落
带泪　并且不可碰触

1981. 1. 15

抉择

假如我来世上一遭

只为与你相聚一次

只为了亿万年光里的那一刹那

一刹那里所有的甜蜜和悲凄

那么　就让一切该发生的

都在瞬间出现

让我俯首感谢所有星球的相助

让我与你相遇

　　　与你别离

完成了上帝所作的一首诗

然后　再缓缓地老去

1979. 10. 29

重

逢

——我并不是立意要错过

可是　我一直都在这样做

错过那花满枝桠的昨日　又要

错过今朝

重逢 之一

灯火正辉煌　而你我
却都已憔悴　在相视的刹那
有谁听见　心的破碎

那样多的事情都已发生
那样多的夜晚都已过去
而今宵　只有月色
只有月色能如当初一样美丽

我们已无法回头　也无法
再向前走　亲爱的朋友
我们今世一无所有　也再
一无所求

我只想如何才能将此刻绣起

绣出一张绵绵密密的画页

绣进我们两人的心中

一针有一针的悲伤　与

疼痛

1979. 11. 18

重逢 之二

在漫天风雪的路上
在昏迷的刹那间
在生与死的分界前
他心中却只有一个遗憾
遗憾今生再也不能
再也不能　与她相见

而在温暖的春夜里
在一杯咖啡的满与空之间
他如此冷漠　不动声色地
向她透露了这个秘密
却添了她的一份忧愁
忧愁在离别之后
将再也无法　再也无法
把它忘记

1981. 3. 12

树的画像

当迎风的笑靥已不再芬芳
温柔的话语都已沉寂
当星星的瞳子渐冷渐暗
而千山万径都绝灭了踪迹

我只是一棵孤独的树
在抗拒着秋的来临

1978

悲歌

今生将不再见你
只为　再见的
已不是你

心中的你已永不再现
再现的　只是此沧桑的
日月和流年

1981. 3. 12

戏子

请不要相信我的美丽
也不要相信我的爱情
在涂满了油彩的面容之下
我有的是颗戏子的心

所以　请千万不要
不要把我的悲哀当真
也别随着我的表演心碎
亲爱的朋友　今生今世
我只是个戏子
永远在别人的故事里
流着自己的泪

1979.12.20

生别离

请再看

再看我一眼

在风中　在雨中

再回头凝视一次

我今宵的容颜

请你将此刻

牢牢地记住　只为

此刻之后　一转身

你我便成陌路

悲莫悲兮　生别离

而在他年　在

无法预知的重逢里

我将再也不能

再也不能　再

如今夜这般的美丽

1979. 12. 25

送别

不是所有的梦　都来得及实现
不是所有的话　都来得及告诉你
疚恨总要深植在离别后的心中
尽管　他们说
世间种种最后终必成空

我并不是立意要错过
可是　我一直都在这样做
错过那花满枝桠的昨日　又要
错过今朝

今朝仍要重复那相同的别离
余生将成陌路　一去千里
在暮霭里向你深深俯首　请
为我珍重　尽管　他们说

世间种种最后终必　终必成空

1981. 2. 8

J. HSI 1981

囚

——明知道总有一日

　　所有的悲欢都将离我而去

　　我仍然竭力地搜集

　　搜集那些美丽的纠缠着的

　　值得为她活了一次的记忆

囚

流血的创口

总有复合的盼望

而在心中永不肯痊愈的

是那不流血的创伤

多情应笑我　千年来

早生的岂只是华发

岁月已撒下天罗地网

无法逃脱的

是你的痛苦　和

我的忧伤

1980.5.26

无题

爱　原来就为的是相聚
为的是不再分离

若有一种爱是永不能
相见　永不能启口
永不能再想起

就好像永不能燃起的
火种　孤独地
凝望着黑暗的天空

1979. 12

艺术品

是一件不朽的记忆
　一件不肯让它消逝的努力
　一件想挽回什么的欲望

是一件流着泪记下的微笑
或者　是一件
含笑记下的悲伤

1980. 6. 9

非别离

不再相见　并不一定等于分离

不再通音讯　也

并不一定等于忘记

只为　你的悲哀已揉进我的

如月色揉进山中　而每逢

夜凉如水　就会触我旧日疼痛

1980. 12. 20

如果

四季可以安排得极为黯淡

如果太阳愿意

人生可以安排得极为寂寞

如果爱情愿意

我可以永不再出现

如果你愿意

除了对你的思念

亲爱的朋友　我一无长物

然而　如果你愿意

我将立即使思念枯萎　断落

如果你愿意　我将

把每一粒种子都掘起

把每一条河流都切断

让荒芜干涸延伸到无穷远

今生今世　永不再将你想起

除了　除了在有些个

因落泪而湿润的夜里　如果

如果你愿意

1979. 7

让步

只要　在我眸中

曾有你芬芳的夏日

在我心中

永存一首真挚的诗

那么　就这样忧伤以终老

也没有什么不好

1979. 9. 13

尘缘

不能像

佛陀般静坐于莲花之上

我是凡人

我的生命就是这滚滚凡尘

这人世的一切我都希求

快乐啊忧伤啊

是我的担子我都想承受

明知道总有一日

所有的悲欢都将离我而去

我仍然竭力地搜集

搜集那些美丽的纠缠着的

值得为她活了一次的记忆

1979. 9. 13

彩虹的情诗

——那么　我今天的经历

又有些什么不同

曾让我那样流泪的爱情

在回首时　也不过

恍如一梦

彩虹的情诗

我的爱人　是那刚消逝的夏季

是暴雨滂沱

是刚哭过的记忆

他来寻我时　寻我不到

因而汹涌着哀伤

他走了以后　我才醒来

把含着泪的三百篇诗　写在

那逐渐云淡风轻的天上

1981. 1. 15

焚

终于使得你

不再爱我

终于　与你永别

重回我原始的寂寞

没料到的是

相逢之前的清纯

已无处可寻

而在我心中

你变成了一把永远燃烧着的

野火

1980. 5. 8

错误

假如爱情可以解释
誓言可以修改
假如　你我的相遇
可以重新安排

那么
生活就会比较容易
假如　有一天
我终于能将你忘记

然而　这不是
随便传说的故事
也不是明天才要
上演的戏剧
我无法找出原稿

然后将你

将你一笔抹去

1979. 12. 20

悟

那女子涉江采下芙蓉
也不过是昨日的事
而江上千载的白云
也不过　只留下了
几首佚名的诗

那么　我今天的经历
又有些什么不同
曾让我那样流泪的爱情
在回首时　也不过
恍如一梦

1980. 2. 17

最后的水笔仔

跋涉千里来向你道别
我最初和最后的月夜
你早已识得我　在我
最年轻最年轻的时候
你知道观音山曾怎样
爱怜地俯视过我　而
青春曾怎样细致温柔
而你也即刻认出了我
当满载着忧伤岁月啊
我再来过渡　再让那
暮色融入我沧桑热泪
而你也了解　并且曾
凝神注视那两只海鸥
如何低飞过我的船头

逝者如斯啊　水笔仔
昨日的悲欢将永不会
为我重来　重来的我
只有月光下这片郁绿
这样孤独又这样拥挤
藏着啊我所有的记忆

再见了啊我的水笔仔
你心中有我珍惜的爱
莫怨我恨我　更请你
常常将年轻的我记起
请你在海风里常回首
莫理会世间日月悠悠

1980. 7. 12

绣花女

我不能选择我的命运
是命运选择了我

于是　日复以夜
用一根冰冷的针
绣出我曾经炽热的
青春

1980. 12

暮歌

我喜欢将暮未暮的原野
在这时候
所有的颜色都已沉静
而黑暗尚未来临
在山冈上那丛郁绿里
还有着最后一笔的激情

我也喜欢将暮未暮的人生
在这时候
所有的故事都已成型
而结局尚未来临

我微笑地再做一次回首
寻我那颗曾彷徨凄楚的心

1980. 11. 15

画展

我知道

凡是美丽的

总不肯　也

不会

为谁停留

所以　我把

我的爱情和忧伤

挂在墙上

展览　并且

出售

1980. 10. 11

隐

痛

——一个从没见过的地方竟是故乡

所有的知识只有一个名字

在灰暗的城市里我找不到方向

父亲啊母亲

那名字是我心中的刺

隐痛

我不是只有　只有
对你的记忆
你要知道
还有好多好多的线索
在我心底

可是　有些我不能碰
一碰就是一次
锥心的疼痛

于是
月亮出来的时候
只好揣想你
微笑的模样
却绝不敢　绝不敢

揣想 它 如何照我

塞外家乡

1980. 6. 21

高速公路的下午

路是河流
速度是喧哗
我的车是一支孤独的箭
射向猎猎的风沙
（他们说这高气压是从内蒙古来的）

衬着骄阳　顺着青草的呼吸
吹过了几许韶华
吹过了关山万里
（用九十公里的速度能追得上吗）
只为在这转角处与我相遇使我屏息

呼唤着风沙的来处我的故乡
遂在疾驰的车中泪满衣裳

1978

乡愁

故乡的歌是一支清远的笛
总在有月亮的晚上响起

故乡的面貌却是一种模糊的怅惘
仿佛雾里的挥手别离

离别后
乡愁是一棵没有年轮的树
永不老去

1978

植物园

七月的下午
看完那商的铜　殷的土
又来看这满池的荷
在一个七月的下午

荷叶在风里翻飞
像母亲今天的衣裳
荷花温柔地送来
她衣褶里的暗香

而我的母亲仍然不快乐
只有我知道是什么缘故
唉
美丽的母亲啊
你总不能因为它不叫作玄武你就不爱这湖

1977

命运

海月深深
我窒息于崭蓝的乡愁里
雏菊有一种梦中的白
而塞外
正芳草离离

我原该在山坡上牧羊
我爱的男儿骑着马来时
会看见我的红裙飘扬
飘扬　今夜扬起的是
欧洲的雾
我迷失在灰暗的巷弄里
而塞外
芳草正离离

1966

出塞曲

请为我唱一首出塞曲
用那遗忘了的古老言语
请用美丽的颤音轻轻呼唤
我心中的大好河山

那只有长城外才有的清香
谁说出塞歌的调子都太悲凉
如果你不爱听
那是因为歌中没有你的渴望

而我们总是要一唱再唱
想着草原千里闪着金光
想着风沙呼啸过大漠
想着黄河岸啊　阴山旁
英雄骑马啊　骑马归故乡

1979

长城谣

尽管城上城下争战了一部历史

尽管夺了焉支又还了焉支

多少个隘口有多少次的悲欢啊

你永远是个无情的建筑

蹲踞在荒莽的山巅

冷眼看人间恩怨

为什么唱你时总不能成声

写你不能成篇

而一提起你便有烈火焚起

火中有你万里的躯体

有你千年的面容

有你的云　你的树　你的风

敕勒川　阴山下

今宵月色应如水

而黄河今夜仍然要从你身旁流过

流进我不眠的梦中

1979

狂风沙

风沙的来处有一个名字

父亲说儿啊那就是你的故乡

长城外草原千里万里

母亲说儿啊名字只有一个记忆

风沙起时　乡心就起

风沙落时　乡心却无处停息

寻觅的云啊流浪的鹰

我的挥手不只是为了呼唤

请让我与你们为侣　划遍长空

飞向那历历的关山

一个从没见过的地方竟是故乡

所有的知识只有一个名字

在灰暗的城市里我找不到方向

父亲啊母亲

那名字是我心中的刺

1979

美丽的时刻

——他给了我整片的星空

好让我自由地去来

我知道　我享有的

是一份深沉宽广的爱

美丽的时刻

——给 H·P

当夜如黑色锦缎般

铺展开来　而

轻柔的话语从耳旁

甜蜜地缠绕过来

在白昼时

曾那样冷酷的心

竟也慢慢地温暖起来

就是在这样一个

美丽的时刻里

渴望

你能

拥我

入怀

1979. 10. 27

新娘

爱我　但是不要只因为
我今日是你的新娘
不要只因为这薰香的风
这五月欧洲的阳光

请爱我　因为我将与你为侣
共度人世的沧桑

眷恋该如无边的海洋
一次有一次起伏的浪
在白发时重温那起帆的岛
将没有人能记得你的一切
像我能记得的那么多　那么好

爱我　趁青春年少

1979

伴侣

你是那疾驰的箭
我就是你翎旁的风声
你是那负伤的鹰
我就是抚慰你的月光
你是那昂然的松
我就是缠绵的藤萝

愿
天
长
地
久
你永是我的伴侣
我是你生生世世
温柔的妻

1980. 12

时光的河流

谁说我们必须老去，必须分离。

可是　我至爱的
你没有听见吗
是什么从我们床前
悄悄地流过
将我惊起

黑发在雪白的枕上
你年轻强壮的身躯
安然地熟睡在我身旁
窗内你是我终生的伴侣
窗外　月明星稀

啊　我至爱的　此刻

从我们床前流过的

是时光的河吗

还是　只是暗夜里

我的噩梦　我的心悸

1980. 6. 11

他

他给了我整片的星空
好让我自由地去来
我知道　我享有的
是一份深沉宽广的爱

在快乐的角落里　才能
从容地写诗　流泪
而日耀的园中
他将我栽成　一株
恣意生长的蔷薇

而我的幸福还不止如此
在他强壮温柔的护翼下
我知道　我很知道啊
我是一个

受纵容的女子

1980. 3. 1

附录　后记及评论

——所有繁复的花瓣正一层层地舒
开，所有生命中甘如醇蜜、涩
如黄连的感觉与经验，正交织
地在我心中存在。

一条河流的梦

　　一直在被宠爱与被保护的环境里成长。父母辛苦地将战乱与流离都挡在门外，竭力设法给了我一段温暖的童年，使我能快乐地读书、画画、做一切爱做的事。甚至，在我的婚礼上，父亲也特地赶了来，亲自带我走过布鲁塞尔老教堂里那长长的红毯，把我交给我的夫君。而他也明白了我父亲的心，就把这个继续宠爱与保护我的责任给接下来了。

　　那是个五月天，教堂外花开得满树，他给了我一把又香又柔又古雅的小苍兰，我永远都不会忘记。

　　因此，我的诗就成为认识我们的朋友间一个不可解的谜了。有人说："你怎么会写这样的诗？"或者："你怎么能写这样的诗？"甚至，有很好的朋友说："你怎么可以写这样的诗？"

　　为什么不可以呢？我一直相信，世间应该有这样的一种爱情：绝对的宽容、绝对的真挚、绝对的无怨和绝对的美丽。假如我能享有这样的爱，那么，就让我的诗来做它的证明。假如在世间实在无法找到这样的爱，那么，就让它永远地存在我的诗里，我的心中。

所以，对于写诗这件事，我一直都不喜欢做些什么解释。只是觉得，如果一天过得很乱、很累之后，到了晚上，我就很想静静地坐下来，写一些新的或者翻一翻以前写过的，几张唱片，几张稿纸，就能度过一个很安适的夜晚。乡间的夜潮湿而又温暖，桂花和茉莉在廊下不分四季地开着，那样的时刻，我也不会忘记。

如果说，从十四岁开始正式进入艺术科系学习的绘画，是我终生投入的一种工作；那么，从十三岁起便在日记本上开始的写诗，就是我抽身的一种方法了。两者我都极爱。不过，对于前者，我一直是主动地去追求，热烈而又严肃地去探寻更高更深的境界。对于后者，我却从来没有刻意地去做过什么努力，我只是安静地等待着，在灯下，在芳香的夜晚，等待它来到我的心中。

因此，这些诗一直是写给我自己看的，也由于它们，才使我看到自己。知道自己正处在生命中最美丽的时刻，所有繁复的花瓣正一层一层地舒开，所有甘如醇蜜、涩如黄连的感觉，正交织地在我心中存在。岁月如一条曲折的闪着光的河流静静地流过，今夜为二十年前的我心折不已。而二十年后再回顾，想必也会为此刻的我而心折。

　　我的蒙古名字叫作穆伦，就是大的江河的意思，我很喜欢这个名字。如果所有的时光真的如江流，那么，就让这些年来的诗成为一条河流的梦吧。

　　感谢所有使我的诗能辑印成册的朋友。请接受我最诚挚的谢意。而晓风在那样忙碌的情况之下还肯为我写序，在那样深夜的深谈之后，我对她已不只是敬意而已了。

　　　　　一九八一年六月写于多雨的石门乡间

席慕蓉的世界

——一位蒙古女性的画与诗

七等生

睹见艺术品，可以省思现实人生的遗憾，所以创造"美"来补偿，安慰悸动的心灵。"美"是外形，内涵道德意识的"善"，瞧见朴实虚怀的"真"。这是一切艺术创作家心灵的本体。艺术家可以贫困、可以受现实的冥落、可以放浪不羁、可以病和死亡，但其创作品却因蕴涵着华贵庄严、崇高的视野、秩序和永恒的道德理念而长存。何以故，不外求取天地人事的和谐和平衡，获得自由和意志的抒发。人生没有艺术之美，就无法证之心灵的存在，进而无法觅至崇高的境界，和畏服上帝的真善。美术品的表现，不应区分为艺术而艺术或为人生而艺术；两者不能分野，为艺术而艺术实质是为人生而艺术，其目的、功用十分彰明。艺术的创作行为，旨在陶冶人生，此不在话下，现在我想直接展开席慕蓉小姐油彩作品之外的钢笔素描创作品，兼有诗歌配合，随兴聊聊，以尽同学相知之谊，望读者恕纳。

蒙古籍的席慕蓉小姐，画坛有所知其名和画，读者大众却未必全然知晓。因其女性之身，情感壮阔细嫩并蓄，受西洋绘画的熏陶，却并未忘怀乡土的本质；其故国乡愁浓密，亦不捐舍生活意趣。亦画亦诗，左右相乘，其展现的"画诗集"，诚是理识情趣兼顾，才情艺术同优，创作之用心严谨，不能不令人赞赏而加以宣扬。

我年少的时候，有缘与慕蓉同班同学习画，但毕业之后，拐转他路。美术的品鉴和批评非我专长，故我不谈绘事的专门理论知识，只凭我不羁的一时感兴随想发之笔端，如有谬误和浅薄的野夫之见，能望贤达不吝指教，并宽宥谅之。现在翻开了"画诗集"，放肆直言，供之读者的闲暇，孤意献曝，以娱大家雅兴。

慕蓉的画，分"歌""思""线"而集成，我亦照秩序分三个部分揣想其意。到底诗歌为画而谱，或画依诗作而绘，应无别分；因画有诗助，可明晰意旨，诗有画补，更能观明景致，我想她并不刻意效法前人，单为了心绪情怀，挥展双方面的特长而已。又非泼墨笔翰沿袭传统形式，而是细工钢笔，诗更缱情怀柔，形式内容完全新颖而现代，最好以此分域，不必牵连受之古人的遗泽影响，较为新鲜干净。如举摄影家山姆·毕斯京的作品，他常特意选定娇美主题配以诗句，诗照合并，自成风格，也不要因形式略仿，中外混为一谈。美的发生是由于动心而思创意，述诸于技艺，乃天经地义之事。虽然美术成品有优劣之比，但说形式内容之由来，其辨别好坏如何，便是另一个问题了。

集一：歌

慕蓉的歌有十二首，依序是：

山月

给你的歌

十六岁的花季

接友人书

暮色

邂逅

树的画像

铜版画

旧梦

回首

月桂树的愿望

新娘

看这样的排列，仿佛是她个人的成长借着几个重要断面，跳接连缀进展的生命过程，里面的主词都是意象，是创作者的我注视原本生活情态的真我，内在的事实完全布满在这些诗句中，以歌将它唱出。生命寻找另一生命，成了自然的真理，否则生命无以为继。生命由另一个生命产生，这过程非常悱恻动人，为何如此，只能用自然环境和人事的交错变换来加以回答，别无说明。关于这事实，慕蓉在《山月》的开头便唱出：

　　我曾踏月而来

　　只因你在山中

其意象鲜明，真理俱在，不可讳言。爱是生命个体出生后，寻找、交缠、恩怨、蜕变、离开、忏思、复合、死亡的故事，正是"但终我俩多少物换星移的韶华，却总不能将它忘记"。这是人世生活的事实，不能拂逆。《山月》

定于篇首，其理甚明，是一个直接表露的开场，引人进入情况，并不是它写得较早（一九七七），因为集中有一首《月桂树的愿望》，写得更早（一九六四），被排在次末的位置。所以创作家的作品，诠释生命事实时，并不依时间秩序发表，因为人类的思想并不只有单一路线和生活的脚步并行；思想犹如瀚海空际，能自由潜藏和飞翔；证之于我们一日之所思所为，其中繁杂的人事，回忆与瞻望，梦和现实，无时不在前后左右交织，也无时无刻不在兴起和沉灭，一个为另一个所替代，而这全部都包容在同一个生命个体里。在小说的发展史中，意识流是近代普为倡行的一种形式，它的发明完全是参照人生和个体思想作用的本质，从开展到结局，跳接十分频繁。而由这样的情状来勾勒事物的真实存在，非常的合理和自然，令人读之如临其境。由这种形式我们更知生命躯体和生命思想，二者导源于一的存在事实。

观览慕蓉在"歌"的结构亦相仿佛。但现在我们兴趣在于她道出"我曾踏月而来，只因你在山中"后，他们是何种经历的故事，其中描述情愫的种种，完全来自实际生活，但她的技巧却有如另造美境，引起我们无上的向往。

她唱着《给你的歌》：

> 我爱你只因岁月如梭
>
> 永不停留，永不回头
>
> 才能编织出华丽的面容啊
>
> 不露一丝褪色的悲愁

这种人生的扮演，你我皆然，道出外在的追寻和内在的隐忧。人生如戏剧，幕前幕后，两种身份和面貌，我们常遇"在公众前欢颜，孤独时饮泣"这回事，生而烦恼，就是为此感觉疼痛，不能如一。在《十六岁的花季》里，她像某些人在十七岁一样，是一种转进，这里能看出她心智的早熟，欣喜变成永不磨灭的警惕，未来的一切都向着十六岁的那一年看齐。以后是否重复或模仿，我想答案是肯定的。较佳的说法是迈向成长和成熟，但无疑真正地感觉生命是始自一块竖立的纪念碑石。慕蓉对自己的情感，时日持续，不能竭止，如她所说的：

> 那奔腾着向眼前涌来的

是尘封的日，尘封的夜

尘封的华年和秋草

　　这些多情东西让人目不暇接，当一个人烦思之时，真是一景接一景、一事交一事，无从数起，但如果忽然跳过二十年，那就更有好看的了。在这些的歌唱里，我最喜爱那首与那幅题为《暮色》的诗画：

回顾所来径啊

苍苍横着的翠微

这半生的坎坷啊

在暮色中化为甜蜜的热泪

　　诗是女性优柔的写法，很不错，而读之使人想要贴近古意的作风：

回顾所来径

苍苍横翠微

至于那一幅画，是百合花的两株花叶，花姿叶态很分明，从她特殊磨炼的笔触，在黑白的线形中，好像看到叶子和花朵的原本色泽。就是配给一种不相干的颜色，亦不失其结构涵义的隽永，从翻开封面到盖合封底，都能看到，不止是因为它佳妙美丽、平凡却含蓄着高贵，实在是代表着创作者本人的形态。

下一首诗《邂逅》，可看出作者文学的素质和修养，不是一朝一日新手的肤浅。当她点破人生时，有如莎士比亚般老练自然，并不像俗间一些人故作清高跳出域外，完全是表现我相是众相，众相是我相，大家一个样，愁乐共体，无分轩轾：

　　你把忧伤画在眼角

　　我将流浪抹在额头

　　…………

　　请别错怪那韶光改人容颜

　　我们自己才是那个化妆师

这是看得清清楚楚的邂逅，与一般迷乱的邂逅煞有区别。在这一部分歌情的诗作里，情感在而理性也在，看透哀伤的事可不容易啊！省略了说不清的繁缠，事过境迁，一切只要一句"亲爱的朋友"便涵盖了过往和现在，包含着恩怨和尊重，扩大着邂逅的哲理意义。女作家常有她们现实的尖锐情感，流于褊狭和责怨，像慕蓉却有大地之母的怀抱，使人放下重担，回复自然和新生。像她这种勇敢之气、明理的态度，可为女性的楷模，事实上也唯有如此，才可导入更好的未来，而不必在人间老伤着和气。她说："我只是一棵孤独的树，在抗拒着秋的来临。"抗拒是抗拒，却不能幸免，人类世界，应该不要畏惧这种可由自然现象中看到的命运；因为坚毅和识命才会重生希望，在持续的生命时光中修正改进，创造佳境，而一切的物事犹如新生，才会珍惜而获得充实，有如《铜版画》中的自许：

如我早知就此无法把你忘记

我将不再大意，我要尽力镂刻

实在是说到了身为美术家的使命。是的，我们为何不如此呢？为何人生不像艺术？我们岂不太笨太傻了，太过愚痴而找不到真谛。在《旧梦》里，她便说出了那种愚蠢和苦相，而以谁都不会少有的现实生活去做对比。我们跟着可以清楚地看到，她选择和掌握到目前的幸福生活，这在自由的天地里，只要有智慧才能，并且不要有过分的贪婪野心，大概都能享受到这幅实在的美景：

　　我牵着孩手

　　走下山坡

　　林中袭来温香的五月的风

　　我的儿女双颊绯红

　　夕阳缓缓地落下

　　挚爱的伴侣已回到了家

　　他在屋前向我们遥遥挥手

　　这黄昏里的家啊

　　那样甜蜜，那样温柔

　　这样就够了，还有什么奢求？何必美词堆砌显得不实在呢？一首接一首的诗句所出现的回顾和省思，心中的自许和显现的眼前光景，就是这集"歌"辑中结构的意识流和作者本体。大多数人的人生经验几近相似，便不会对这种俗套太过诽谤。觉悟并非一次来便一切都顺畅而没有窒障，芸芸众生遥望学道的佛徒，以为理识开悟是他们的涅槃护身符，不会再有烦忧，这是高估和误解，只要有存相，就不可能那么了无牵挂；一位高僧在漫漫泛海中企求道悟，顶多是次数较多，一次比一次境界升高而已，绝不是完全没有丝毫痛扰，因为生命在他仍然必须脚踏着这块苦恼的土地才能转进；人生世界是真真确确的，不可能没有体认，甚至一只白老鼠，都需要尝试着多次错误，才能获致报偿，何况是万倍艰苦的人生呢？任何人都需要经过重重叠叠的努力，才能获致结果，这是一条不可能省略忽视的途径。我们不可错会我们不相识的意外事实。

是否我已经越分地揣想了大题？但无不可在此互相交换一些感知和经历；品赏文学和美术品并不限在它的题目之内，更珍贵的是能让我们借此机会驰思和随想，不要狭限与它没有相干；扩大创作品的品鉴范围，更能估价作品的功效，有些低劣的艺术家不让我们这样想，或愚笨者只限定某种想法，可是老道的艺术家却能让我们随便自由，也唯有自由世界，才会拥有好文学和艺术品，容许文学艺术家的存在。

　　歌已近尾声，慕蓉提出一个质疑："有谁在月光下变成桂树，可以逃过夜夜的思念。"作为开始时"山月"的回应，这是她说"我为什么还要爱你"的理由了。一切过往的历程逝去，最后在自择和努力安排下实现美丽的现实。"新娘"是"歌"中最终高顶的意象。透露一点慕蓉的私事，她和刘先生是在异地欧洲求学时相爱而成为夫妇，但是慕蓉并非穿了纱衣，步上礼堂，只求外在的美观就好。她告诉科学家的夫婿说，她当他的新娘子是有条件的，有诗为证，也是歌声的结束式：

　　　　爱我，但是不要只因为

　　　　我今日是你的新娘

　　　　不要只因为这熏香的风

　　　　这五月欧洲的阳光

　　　　请爱我，因为我将与你为侣

　　　　共度人世的沧桑

　　　　眷恋该如无边的海洋

　　　　一次有一次起伏的浪

在白发时重温那起帆的岛

将没有人能记得你的一切

像我能记得的那么多，那么好

爱我，趁青春年少

集二：思

"我所拥有的，只有那在我全身奔腾的古老民族的血脉。我只要一闭眼，就仿佛看见那苍苍茫茫的大漠，听见所有的河流从天山流下，而丛山暗黯，那长城万里是怎样地从我心中蜿蜒而过啊！"

在这"思"集里，全都是前面经由个人与艺术结合、与现实生活结合的情感抒发后，扩大的民族乡土的怀念记忆，从她现在生活环境的台湾，奔驰在伟大工程的高速公路的意象出发，回走到童年祖籍的故园国土。从歌小我，到思大我，是这本"画诗集"最具特色和见长的编辑，可以看到渐次高潮，不若一般人，总是将偌大的题目自当招牌，夸口着在前头吓人，和有恃无恐地强词夺理，把自己装得肿胀和不实，而慕蓉脚踏实地的依理路编排，先剖析个体生命，再扩大追溯群体的原有发祥地根源，颇使人信服其情感的实在性，这种技巧才能使人赏识和赞同，而不致倒生反感。现在激进分子的意识就是常常将事理本末倒置，不先健全个体，反要先强大群体结合的幻象，受情绪的左右而混淆了概念和实体所代表的时空位置。譬如有一个站在街头高声唱着自己爱国、指着别人不爱国的人，大多数人会为他这种表现所困扰，甚而畏惧躲避，觉得本来安分守己、过得平顺安静的日子，却为这样的声音骚扰得惶恐与不安，要是这种情态是有组织的，不止是一个人站在街头，甚或利用各种的媒介到处散布，心弱无知的人便在这样的鼓吹下丧失自己而跟着去呐喊，觉得爱国的理想真伟大，个人的存在真渺小，无凭依；如果他是个还没有人生阅历的青年学生，便会忘掉了充实和保全自己生命的本分，不依自己的能力再理智地决定将来是否该贡献社群多少，竟野心勃勃地也跟着批判善恶是非，否定现有生活的价值秩序；遇到这种人，实在说，只要质问他到目前为止到底已经为国家社会做了什么，他是否身体健康，经过这一考验，他便应该自惭形秽了。现实不是由空洞的辩论形成而来，事实上自吹自擂的言论反而让人看出伪诈，凭着胆大高论，其中大都有满足私欲的作祟成分；凡事有关现实，如政治问题，应由政治绩效证实之，否则不能置信。所谓理想架构，并非一天便能建造起来，绘声绘影地说得天花乱坠，那都是海市蜃楼的幻影，现代有知识的人不应该再受骗，或故意做欺诈善良民众的帮凶。爱国爱民族，可由文学艺术的创作去启发鼓舞，扩大现实生活的理念情感；一种观念的了解，必须经由一项存在于现实物事的引导和启迪。我们读美国诗人惠特曼的《自我之歌》，完全可以见到个人布置在群体的时空之中，无一处不看到群体是由一个一个充满血气的个体所组成，因此一件一件的事功被他们完成，一回一回的理想被他们的勤奋和努力而实践出来。那发出于个人的有限声音，汇集成大河高山般的壮阔宏大；到处可以听到船坞码头的吆喝，听到打铁的叮当声音，修筑铁道的工人的歌声传得很远，可以看见公务员走过街头准时上班的脚步，看到农夫日晒的面貌，听见时序的跫音，看见季节变换的景致，这一切都是由个人规律的心脏跳动来促成，而由这样的节拍歌唱出为自由和爱而团结一起。这首自我代表美利坚意象的诗作，具体而实在，不容置疑，确实鼓舞着每一个心灵，可以作为我们的楷模。

慕蓉在"思"集里，优雅地唤醒离开故国的中国人的记忆，尽到一个创作者的职分。在思念感怀中鼓动着我们的心灵，希望我们一步一步踏实地走回去，那里有我们对未来的憧憬。如《长城谣》里：

敕勒川　阴山下

今宵月色应如水

而黄河今夜仍然从你身旁流过

流进我不眠的梦中

又如《出塞曲》，她毫不妥协地坚爱自己的塞外家乡：

那只有长城外才有的清香

谁说出塞歌的调子都太悲凉

如果你不爱听

那是因为歌中没有你的渴望

记得我和她在师范艺术科修习的时候，有一次，我们排练着一部歌舞剧，叫《沙漠之旅》。慕蓉担任幕后的吹笛手，另一些人在台上表演。她一个人站在进出场的布幕边，由那处缝口，张大着眼睛，注视着商旅和姑娘的走舞，一面吹奏一面泪流纵横；当我们退场，一个一个经过她的身边，而意外地看到她真情流露的情态时，都哑然肃穆起来。站在她的背后，等着她把笛声延至最后的一个音符和落幕。她本来比我们的年纪都小，经由那一次的发现，不由得赞赏她的丰沛奇情，而刮目相看，不敢蔑视她是个蒙古人。她的才华不止绘画一面，音乐、文学同样并行成长，今天她能诗歌、美术专精同时展现，诚属意料中事。一个人在成长中的成就是唯赖情感的禀赋，是外力无法阻挡的。我们都知道她的姐姐席慕德女士，亦同样是才情超高的人，她在音乐歌唱界的成就，受到中外的赞誉。现在我们已知道慕蓉在"思"集里深沉的内涵，已不必一首一首地加以琐谈，直接翻阅朗读原作更能贴近她的感触。我想应该转往谈她画的一面，欣赏她在钢笔功夫的表现。在我们的画坛里，这一门的独到成就，似乎少之又少，有之不是流于格调低俗的漫画，就是在报章杂志上作为文章不甚得当的插绘，能够像正统的表现形式受到重视和同等评价的，只有慕蓉一人。当我一张一张翻阅品赏，不由得从心里升起对她的赞佩，其中她注意到绘画上不能轻忽的对工具的熟练操作，以及认识到工具的特性，给予无瑕的发挥。回顾去年她在"美国新闻处"的油画大展，对她掌握油彩特性，表现出内涵的震撼效果的技法，我们还留有深刻的印象。这是一个画家最为起码的能力条件，不论他的表现有别于传统或有别于他人，重要的是要有纯熟的技术，这一点由表现的主题是否能感动人而加以认定。技法与主题合成为内涵吸引到共鸣，是一个艺术创作品值得评价的准则，其他别无约定。如果受到思想和意识的框限，将使一件成功的艺术创作品受到侮辱般的排斥和弃置。文学、音乐等许多艺术形式的创作亦然。文学艺术创作家不必孤心设想另外的奇技，单指这项戏法夸言，当他达不到如上述内涵吸引到共鸣时，我们不必迷惑于那徒增多余的取巧；有如创作家实不需要单独只就主题的材料去做辩护，博求同情，同样当他没有做到双方的结合可以内涵吸引到共鸣时，不论他自认题材如何可取，只有让人徒增叹息而已。甚至作为一个文学艺术的评论家，当他身负责任去批评时，唯有抓牢这根不变的金尺，而无需顾左右而言他，自贱自己的神圣身份。在一个现实而动乱的时代，文学艺术的创作呈现着杂乱景象，有个别占地盘排斥异己的为非行为，甚至受到政治情势的指使，沦为工具，其评价便会像现实生活的社会情形一样，有不公平的现象；艺术乃在知识的范围内，此时应凭良知紧握金尺，像一个忠贞爱国之士，在存亡之秋，应竖立不摇的精神。

就钢笔这种确定无可轻率表现的"线"和"点"，如心无成竹，很容易发现到不纯熟现象的走样，或表现不恰当，会形成糟糕而令人不堪入目的尴尬。它不能修改，或加笔，当一旦失手弄脏，懊悔都来不及，只有换纸重来；尤其眼看从开始便顺利渐近完成之际，要是受到突然的打扰而精神旁顾，使笔趣消失，格调前后不一致，那么便会觉得难堪，只好前功弃尽，甚至会发一顿赌咒的脾气。钢笔绘画技法的优美之处，有如杜预屠牛，干净利落，所到之处皆迎刃而解，否则便像受宰之牛，被搞得凄残不全、痛苦不堪。慕蓉的操笔，虽属细指功夫，但颇有我上述明净洒脱的优点，笔笔清澈，有如滑韧的钢丝，在汇集处丝毫不含糊混杂，让人有清爽和条理分明之感。这种笔法，使画面自然形成高贵和清秀，所绘出的不论人物或自然树木，大致能获致表达的效果。但有部分形体造型，尤其面部，未能准确表露内在涵义，而有呆板坚硬之嫌；因为这种只能靠线条表现的平面艺术，不能不在造型结构的选择上，透过生活阅历，求取美善，达到外貌显现内在精神的精确密合。

如果分张品评，大都能获得不同程度的喜爱，其中以《暮色》为题那一幅，如前所述，应得普遍的赏识。在"歌"集里的那张《铜版画》，则是一张上乘的佳构，与乱针刺绣，有同工之妙，非常吻合诗意内容。在"歌"集里的画幅，其表现受情感主题的约制，在结构上颇为特殊，表现得十分奇丽，但我怀疑不会受到严格的品赏家的斤斤计较。有如在男人的世界里那种苛酷挑选女性的态度，不是嫌弃智力不高，就是惋惜不够性感，如果经久相处，就有些不耐看的牢骚。天下没有一块可称完美无瑕的璧玉，甚至崇高无比的上帝，仍时有对他大呼不公平的人。任何的批评应是有益的，此后两者之间便会自行调整，而获致谐和。在"思"集里，《高速公路的下午》一幅，最见她独到的钢笔功夫的性能，操作的正确使人激赏；还有那张《出塞曲》为题的较粗的笔线，使人深感其奇女的洒脱明快，而不致凌乱失散，表示出条条思（线）路的来源和去处。《植物园》一张，我个人则不太喜欢，造型和情态有些失错。总之，批评就是一种怪异矛盾的个性，就像我们说到某家的闺秀好高骛远，虽暗心怀着爱慕，但口头上还是散布着微词。

集三：线

"从十四岁进入台北师范艺术科起，这么多年来，偏爱的仍然是单一而又多变的线。"

这么多年来，实际是十数二十年间而已，不是一生，还是有限，只能代表她现在的主观说法；要去肯定她的创作，并不依据她个人的偏好。好像数个孩子中，父母最疼老二，但是在别人或社会的观点，疼爱是一回事，并不同意这老二就是最有用，乃必须由孩子本身的作为来衡量批判。未来如何，慕蓉或许会有改变，将来总观自己的创作历史，自然较理性地接近社会的观点；所以当我们客观地审查她"单一而多变的线"的成就，就可能要与她的偏爱抵触了。但我相信慕蓉所说"线"的意思并不指此，而是表明她喜爱、深入，进而肯定的所谓艺术。

　　什么是艺术？宇宙的存在就是艺术，单一而多变就是一种约简的说明。那么艺术品的评价，就可能非常冷酷现实，好则视为珍宝，受到无尽的宠爱。不好则看作粪土，不愿去理睬。好坏之间，还有无数的层次，好似订有价码，依形式内容的不同，让人自由选择购买；而这些伯仲之间的艺品，使评审煞费周章，使德性不高的艺评家的心思混乱了。艺术家在众艺品面前，犹如掌握命运的主宰，但是他的评断是来自深习的学术、广大的人生阅历，以及本身心智的健全。质言之，评鉴艺术品，是知性感性交合发挥作用的事。艺术品的鉴赏品好，随各时代的风潮而异，但不要轻忽文化的历史所留下的不可更改的存相，不言而喻地它自然产生自每一个人的心灵，去瞧见和拥怀那份喜慰和满足，就像谁也无法抢夺他心许的爱情。这种微妙的感觉存在，不能凭肉眼看见，只能诉诸一颗至纯至善的心；而每一个人如能勤于扫除凡世的滞重浑噩，那么每个人都有福分受到它明净的照耀。艺品的鉴识并非与心智无关，以为只要厘定标准就可觅致获得，好比玩一场有规则的游戏，在规则内得分最高便是胜者。但是不论规则如何，重要的是那参与者本身具备的道德能力。艺品本身并非真体，艺术品是一种手段和媒介的幻象，透过它去会见真理。相信唯物理念的人，认为艺术和艺品都是工具，背面有指使者和它们的目的，这是讨论艺术问题时最常听到的借机赢取的反证，使灵肉共体的自然一分为二，进而泯灭了心灵存在，驱使生命进入苦役的域地。这是对于真理的怀疑，而影响到评鉴艺术的标准。以达·芬奇的蒙娜丽莎画像为例，鄙薄和怀疑它的价值的大有人在，因为他们信奉的人生真理（唯物的），正要迫不及待地铲除这种唯真唯善唯美的至高无上艺术，他们套套的现实理由，可以迫使别人开不了口；但沉默底下，依然有良知的心灵，不肯信服那套威逼的说辞，还是深爱和确认它的存在，甚至那些反对者在孤独时，也会涌出至真的情愫去怀想。至于那个受企盼的境界如何，现在我们几乎无法用语言揭露它的存在的神秘。

我现在特意要去相信慕蓉偏爱她的"线"的理由（前面已经说过与客观的评鉴艺品成就不相关）；以便去接近她从事艺术的心得。一个心有所获的创作家，几乎已不再关心外界的评语，可以想见她拥抱和珍惜心得的情操，直接地说，她对艺术奥秘的发现，是一件她自认驾乎生命的重大事。透过千百万条单一而多变的线的实验，她从中获致这份体悟。大家都知道许多事实说到创作家忘食废寝而对艺术的执著，一旦发现爱上它，可以忍受穷困、可以放弃一切俗世的生活快乐，但就是不肯放弃艺术。我们检视慕蓉在"线"集中的画，极其容易地看出为何她会如此偏爱，甚至去贴近她的心得，而分享到类同的喜悦。一个外在的复杂形体，能够经由几条或无数条线勾勒后，再现出一个类似的形体，岂不奇妙，而让人着迷。从外在的客体转变成内在的主体，这种神奇的作为，其愉快和慰藉的满足，是不可言喻的，谁也不能加以否认。如果我们有这等的认识，也就不必怀疑慕蓉所说的偏爱了。

我已经无需像前面一一去琐撰有关慕蓉每一幅画的特色，我想读者只要亲自去观览品赏，便有自己的特别领受，甚而超过我用文字写出的更多的微妙发现。很值得介绍的是，这本"画诗集"，印刷十分清晰精美，不只在品赏时可以获得很大的快乐，而且是雅好藏书的人士书柜中不可缺乏的一本书册；我不是为商业行为说这样的话，而是席慕蓉女士是我们这一代中国人中很可重视和喜爱的画家。从这部"画诗集"里，她毫不隐讳地呈献中华儿女的丰沛感情，她心中的歌和思是完全经由线（艺术）来表达。我们也是在这部"画诗集"里这样认识她的。这样就够了，不需要用过分夸饰不实的言词去歌颂她的成就，她也不想有人这样。

原载一九七九年十二月

十八日～十九日《联合报·副刊》

席慕蓉书目

◇诗　集

1981.7　　七里香　大地

1983.2　　无怨的青春　大地

1987.1　　时光九篇　尔雅

1999.4　　边缘光影　尔雅

2000.3　　七里香　圆神

2000.3　　无怨的青春　圆神

2002.7　　迷途诗册　圆神

2005.3　　我折叠着我的爱　圆神

2006.1　　时光九篇　圆神

2006.4　　边缘光影　圆神

2006.4　　迷途诗册（新版）　圆神

2011.7　　以诗之名　圆神

2016.3　　除你之外　圆神

◇诗　选

1990.2　　水与石的对话　太鲁阁国家公园

1992.2　　席慕蓉诗选（蒙文版）　内蒙古人民

1992.6　　河流之歌　东华

1989. 3   写生者 大雁

1990. 7   我的家在高原上 圆神

1991. 5   江山有待 洪范

1994. 2   写生者 洪范

1996. 7   黄羊·玫瑰·飞鱼 尔雅

1997. 5   大雁之歌 皇冠

2002. 2   金色的马鞍 九歌

2003. 2   诺恩吉雅（我的蒙古文化笔记） 正中

2004. 1   我的家在高原上（新版） 圆神

2004. 9   人间烟火 九歌

2007. 3   2006 席慕蓉 尔雅

2008. 7   宁静的巨大 圆神

2013. 9   写给海日汗的 21 封信 圆神

2017. 7   我给记忆命名 尔雅

◇散文选

1988. 3   在那遥远的地方 圆神

1997. 6   生命的滋味 上海文艺

1997. 6   意象的暗记 上海文艺

1997. 6   我的家在高原上 上海文艺

1999. 12   与美同行 上海文汇

2000   我的家在高原上（息立尔蒙文版）
          蒙古国前卫

2002. 6   胡马·胡马（蒙文版） 内蒙古人民

2002. 12   走马 上海文汇

2003. 9   槭树下的家 南海

2003.9　　透明的哀伤　南海

2004.1　　席慕蓉散文　内蒙古文化

2009.4　　追寻梦土　作家

2009.4　　蒙文课　作家

2010.2　　席慕蓉精选集　九歌

2013.1　　前尘·昨夜·此刻　长江文艺

2014.7　　给我一个岛　长江文艺

2015.8　　槭树下的家　长江文艺

2015.11　　透明的哀伤　长江文艺

◇小　品

1983.7　　三弦　尔雅

◇美术论著

1975.8　　心灵的探索　自印

1982.12　　雷射艺术导论　雷射推广协会

◇传　记

2004.11　　彩墨·千山　马白水　雄狮

◇编　选

1990.7　　远处的星光——蒙古现代诗选　圆神

2003.3　　九十一年散文选　九歌

◇摄　影

2006.8　　席慕蓉和她的内蒙古　上海文艺

附注：《三弦》与张晓风、爱亚合著。《同心集》与刘海北合著。《在那遥远的地方》摄影林东生。《我的家在高原上》摄影王行恭。《水与石的对话》与蒋勋合著，摄影安世中。《走马》摄影与白龙合作。《诺恩吉雅》摄影与白龙、护和、东哈达、孟和那顺合作。《我的家在高原上》（新版）摄影与林东生、王行恭、白龙、护和、毛传凯合作。

图书在版编目（ＣＩＰ）数据

七里香 / 席慕蓉著. -- 武汉 ：长江文艺出版社，
2017.9（2020.5 重印）
（席慕蓉诗集：礼享版）
ISBN 978-7-5354-9545-7

Ⅰ . ①七… Ⅱ . ①席… Ⅲ . ①诗集－中国－当代
Ⅳ . ①I227

中国版本图书馆 CIP 数据核字(2017)第 052944 号

本书经由圆神出版社授权长江文艺出版社出版简体中文版（纸本平装书）
湖北省版权局著作权合同登记 图字 17-2016-303 号

责任编辑：孙 琳　李 潇　方 莹　刘程程
特约策划：高 娟　　　　　　　　　　　　　责任校对：毛 娟
封面设计：壹 诺　　　　　　　　　　　　　责任印制：邱 莉　　王光兴

出版：长江出版传媒 | 长江文艺出版社
地址：武汉市雄楚大街 268 号　　　　邮编：430070
发行：长江文艺出版社
http://www.cjlap.com
印刷：湖北新华印务有限公司

开本：880 毫米×1230 毫米　　1/32　　印张：6　插页：2 页
版次：2017 年 9 月第 1 版　　　　2020 年 5 月第 4 次印刷
行数：2590 行

定价：32.80 元